ENGLAND IS A GARDEN

꽃들의 정원

ENGLAND IS A GARDEN

꽃들의 정원

꽃의 화가, 잉글랜드의 고즈넉한 숲과
한적한 마을에 피어난 꽃을 그리다

캐서린 해밀턴 지음 신성림 옮김

북피움

일러두기 : 본문에서 ＊는 옮긴이주이다.

헌사

꽃은 모두 아름답다고 가르쳐주신 어머니를 그리며

감사의 말

잉글랜드 곳곳에서 마주친 많은 분들께 진심으로 감사드립니다. 그들의 친절과 우정, 꽃을 향한 깊은 사랑, 소중한 역사적 유산을 기꺼이 공개하는 호의 덕분에 이 책을 만들 수 있었고 그 과정이 커다란 즐거움이 되었습니다.

서리의 앤 반스, 하트퍼드셔의 글래디스와 마이클 비티, 켄트의 로저와 니키 빌리, 서리의 K. F. 브라운, 글로스터셔의 H. 캐틀링, 컴브리아의 조지 커크비, 요크셔의 트랜마이어경과 여사, 요크셔의 메리와 톰 쿡, 햄프셔의 앨런 뉴턴, 컴브리아의 들랩 박사 부부, 워릭셔의 E. 웨브 양, 런던의 재키 스피어스, 켄트의 크리스틴 틴돌, 클리블랜드의 프랜시스 론스브러에게 특히 감사드립니다.

인내심과 열정을 다해 도와준 나의 여동생이자 여행의 동반자 버나뎃 스피어스에게, 그리고 여행을 떠나 있는 동안 아이들을 돌봐준 루스와 밥 해밀턴, 에일린과 루 펠에게 애정 어린 감사의 마음을 전합니다.

차례

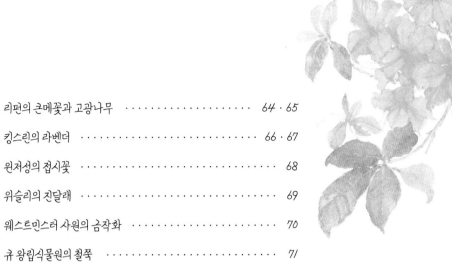

서문

이런 행운이 어디 있을까! 책을 만들기 위해 해야 할 일이 캠핑용 밴을 빌려서 영국 여기저기를 다니면서 나의 눈길을 사로잡은 풍경을 화폭에 옮기는 것이라니 말이다. 나는 이른 봄에 잉글랜드를 찾아가서 늦여름까지 머물렀는데, 몹시 특별하고 아름다운 경험이었다.

여행하면서 받은 인상을 이해하고 종이에 옮겨 그리는 일은 잠시 지나가는 여행자에게 힘들기 마련이다. 내 마음을 사로잡은 것들이 그곳에 사는 이들에게는 너무 일상적이라 더 이상 일일이 눈길을 주지 않는 경우가 많다는 것도 알고 있다. 이 책이 영국을 방문했던 사람들에게 기쁨을 주고 소중한 추억을 되살려주었으면 좋겠다. 그리고, 그토록 사랑스러운 땅에 살고 있는 사람들에게 믿을 수 없을 만큼 아름다운 유산이 그들을 감싸고 있음을 상기시켜주면 좋겠다.

나는 주로 꽃을 그리는 화가이므로, 나를 둘러쌌던 눈부신 꽃송이들로 페이지를 가득 채웠다. 간혹 꽃 그림에 건물 스케치를 곁들였다. 건물과 함께 그린 꽃들이 항상 그 건물 안이나 주변에서 피어나지 않을 수도 있지만, 그림을 그린 순간에는 가까이 있었다. 책에 실은 그림은 계절 순서나 여정에 따라 배치하지 않았다. 그림들이 서로 보완하면서 영국 전체에 대해 조화로운 인상을 만들기를 바랐기 때문이다. 이 정도의 예술적 자유는 독자 여러분이 너그러이 양해해주리라 믿는다.

수선화

DAFFODILS (Narcissus pseudonarcissus)

윈저 그레이트 파크, 윈저, 버크셔주

윈저 그레이트 파크에서
봄을 알리는 수선화의 황금빛 물결은
영국의 공원과 정원을 처음 본 사람에게
잊을 수 없는 경험으로 남는다.
셰익스피어와 워즈워스를 비롯한
영국의 많은 시인이
수선화의 아름다움을 예찬했다.
1세기의 선지자 마호메트도 그러했다.

빵 두 덩이 가진 자,
그중 하나를 팔아 수선화를 사게 하라
빵은 그저 육신의 양식이나
수선화는 영혼의 양식일지니
— 마호메트

등나무 WISTERIA

400년 된 코티지 외관을 장식하는 수령 150년의 등나무

등나무 코티지, 브로드웨이, 우스터셔주

'코츠월즈의 작은멋쟁이나비'로 알려진 브로드웨이 마을은
오늘날까지 400년 전 모습을 고스란히 간직하고 있으며,
중심대로를 따라 코츠월즈 특유의 석조 건축물과
매혹적인 정원이 줄지어 늘어서 있다.
주위를 둘러싼 목초지와 잔디로 뒤덮인 구릉지대, 삼림지, 계곡들은
뮤레인, 록로즈, 캄파눌라, 짚신나물, 괭이밥, 분홍바늘꽃 등,
여름날의 자연이 짜낸 아름다운 문양으로 생생하다.
150년이나 살았다는 등나무를 그렸는데,
그 등나무가 장식하고 있는 오래된 코티지는 400년도 더 전에 지었다고 한다.

잉글랜드 블루벨

ENGLISH BLUEBELLS (Hyacinthoides non-scripta)

영국 삼림지대의 정경

나무에서 새싹이 돋아나듯 영국 삼림지대의 작은 빈터를 뒤덮는
이 작고 푸른 꽃의 올바른 이름을 놓고
식물학자와 분류학자들은 300년 이상 입씨름을 벌였다.
'영국 히아신스'라고도 부르는 블루벨은
뻐꾸기 부츠, 까마귀발가락 같이 재미난 이름으로도 불린다.
꽃의 기원에 대한 학술적인 논쟁은 학자들 몫으로 남겨두고,
나는 서리의 숲속 작은 빈터를 물들인 블루벨을 그렸다.
많은 사람들이 영국의 봄, 하면 떠올리는 풍경은 아마 이것이리라.

파넘의 영국식 정원에 막 들어섰을 때 나를 맞아준 것은,
울타리를 뒤덮고 낡은 새집 기둥까지 휘감은
은은한 분홍색 클레마티스 꽃 무더기였다.
새집에는 푸른박새 가족이 살고 있었다.
장난꾸러기 울새 한 마리
풀밭 위를 깡충거리며 뛰놀고 있었다.

클레마티스
CLEMATIS MONTANA 'ELIZABETH'
파넘, 서리주

팬지
PANSIES (Viola × wittrockiana)
성가대석, 엑스터 대성당, 데번셔주

1942년 폭격으로 엑스터의 많은 오래된 건물들이 파괴되었다.
하지만 성모 마리아와 성 베드로에게 바쳐진
노르만 양식의 대성당은 크게 파손되기는 했지만 살아남았다.
성당 건물은 1969년에 열린 600주년 기념행사 즈음해서
정성스럽게 보수되었고, 그때부터 계속된 복원공사 덕분에
대성당은 매우 다채롭고 포근한 성당으로 영국에서 손꼽히게 되었다.
성당 관할 구역의 창가 화단에는
화려한 벨벳 질감의 팬지꽃이 피어 있었다.
성당과 팬지, 참 잘 어울리는 조합이었다.

영국의 소도시 중 가장 서쪽 끝에 있으며 역사가 풍부한 콘월의 펜잔스는
길버트와 설리번의 오페라 「펜잔스의 해적」으로 불멸의 명성을 얻었다.
세인트 마이클 마운트의 동화 같은 성과 수도원으로 유명한 마운츠 베이 기슭에 자리 잡고 있다.
그 지역 민담이나 전설, 민요는 주로 밀수나 조난, 인어,
그리고 콘월 지방의 행운의 요정 픽시 이야기를 들려준다.
픽시는 장신구나 출입문 장식물, 조각상으로 그 지방 어디서나 눈에 띈다.
온화한 기후 덕에 내셔널트러스트 모랍과 트렝웬튼 공원은
영국의 공원 중에서도 아름답기로 손꼽힌다.
종려나무, 바나나무, 아카시아나무, 열대 식물들과
사랑스러운 노랑 꽃이 피는 뉴질랜드 코와이,
원래 자라던 곳에서 멀리 떨어진 여기서도 모두 잘 자라고 있다.

코와이 KOWHAI (Sophora microphylla)
달리아 BEDDING DAHLIA

펜잔스, 콘월주

23

세월과 자연의 풍파를 견뎌낸
낡은 엔진하우스와 굴뚝들은
공업도시였던 콘월의
옛 시절을 떠올리게 한다.
그런 곳일수록 야생화들이 무성해서
모래언덕을 뒤덮고 절벽을
장엄한 천연 바위정원으로 바꿔놓는다.

여우장갑(디기탈리스) FOXGLOVE (Digitalis purpurea)
나무 루피너스 TREE LUPIN (Lupinus arboreus)
가는미나리아재비 CREEPING BUTTERCUP (Ranunculus repens)
옛 지우 마인의 엔진하우스, 세인트 아이브스와 난클레드라 사이

24

수레동자꽃

THE FLOWER OF BRISTOWE (Lychnis chalcedonica)

오래된 가로등, 콘스트리트, 브리스틀, 에이번주

중세 시대부터
브리스틀을 상징하는 꽃이었던
주홍색 '수레동자꽃'은
몰타 십자가로도 알려져 있다.
브리스틀이 브리스토우였던 시절에*
동지중해 국가에서 귀국한 상인들을 통해 영국에 들어왔다.
곡물거래소 바깥에 서 있는 이 가로등은
내 마음을 온통 사로잡았다.

* 수레동자꽃의 영어 이름을 직역하면 브리스토우Bristowe의 꽃이다.

정원을 가꾸는 사람들은 정말 너그러운 것 같다!
데번주의 관문도시 중 하나인 호니턴을 이리저리 거닐며
밤 산책을 하다가 초대받은 덕분에 이 꽃들을 그릴 수 있었다.
나는 고읍 호니턴을 근거지로 삼아 이웃 마을과 시골 지역을 돌아다녔고,
그 유명한 호니턴 레이스와 도자기, 그리고 그림의 제분소처럼
오래된 건물에 매혹되었다.
25년 전까지만 해도 대대로 사용했던 건물이라고 한다.

금잔화 CALENDULA (Calendula officinalis)
카네이션 CARNATION (Dianthus caryophyllus)
수염패랭이꽃 SWEET WILLIAM (Dianthus barbatus)
니겔라 LOVE-IN-A-MIST (Nigella damascena)
미주리 달맞이꽃 EVENING PRIMROSE (Oenothera macrocarpa)

옛 제분소 건물, 호니턴, 데번주

5월 중순에 켄트주의 과수원을 관통하는 꽃이 활짝 핀 길을 따라 걷다가,
특이하게 깔때기 모양을 한 홉 건조장 근처의
솜털 같은 꽃송이가 가득 달린 사과밭을 지나간 일은 정말 소중한 추억이었다.
이곳의 사과밭은 대부분 고대 로마인들이 포도밭을 일구면서
그 옆에 나란히 가꾸었다는 데서도 알 수 있듯이, 아름다움과 역사가 촘촘히 엮여 있다.
달지 않고 고소한 맛이 나는 이 사과는 포트와인을 홀짝거릴 때 아삭아삭 베어 먹곤 했지만,
요즘 입맛에 맞추려면 콕스 오렌지 피핀처럼
더 달콤한 사과 품종이 필요하다.

'브램리' 사과꽃*
"BRAMLEY'S SEEDLING" APPLE BLOSSOM
오래된 홉 건조장, 턴브리지 웰스, 켄트주

*'브램리' 사과는 요리용으로 쓰는
큰 사과 품종이다.

28

캔터베리 대주교와 캔터베리 이야기,
그리고 토마스 베케트 대주교가 살해된 곳으로 유명한
영국 성공회의 모교회 캔터베리 대성당은
켄트주 전원 지역에 보초병처럼 서 있다.
오래되고 추앙받는 장소였던 그곳은
내가 방문했던 다른 성당들과는 상당히 분위기가 달라서
왠지 더 경외심이 들고 성스럽게 느껴졌다.
사랑스러운 목마거리트 꽃들은
그런 내 감정을 그대로 보여주는 것 같다.

목마거리트
MARGUERITE DAISY (Chrysanthemum leucanthemum)
중앙탑, 캔터베리 대성당, 켄트주

서리주의 처트에서 사이먼드스톤 농장의 오래된 건물들을 탐색하며
즐거운 아침나절을 보낸 적이 있다.
원래 홉 건조장이던 곳을 탑을 없애고 지금은 외양간으로 쓰고 있다는데,
온갖 야생화가 군데군데 무더기로 피어난 덕분에 한층 매력적인 곳이 되었다.
거기서 발견한 오래된 건초시렁에 대해 알아보려고
근처의 샌드스톤 하우스에 들렀는데,
상상할 수 있는 가장 예쁜 정원 중 하나가 주변에 있어서 너무 기뻤다.
가장 아름다운 푸른색 덩굴식물인 클레마티스가 활짝 피어 있었고,
붉은병꽃나무가 연분홍 꽃을 하나 가득 매달고 있었다.

오래된 건초시렁, 샌드스톤 하우스, 처트

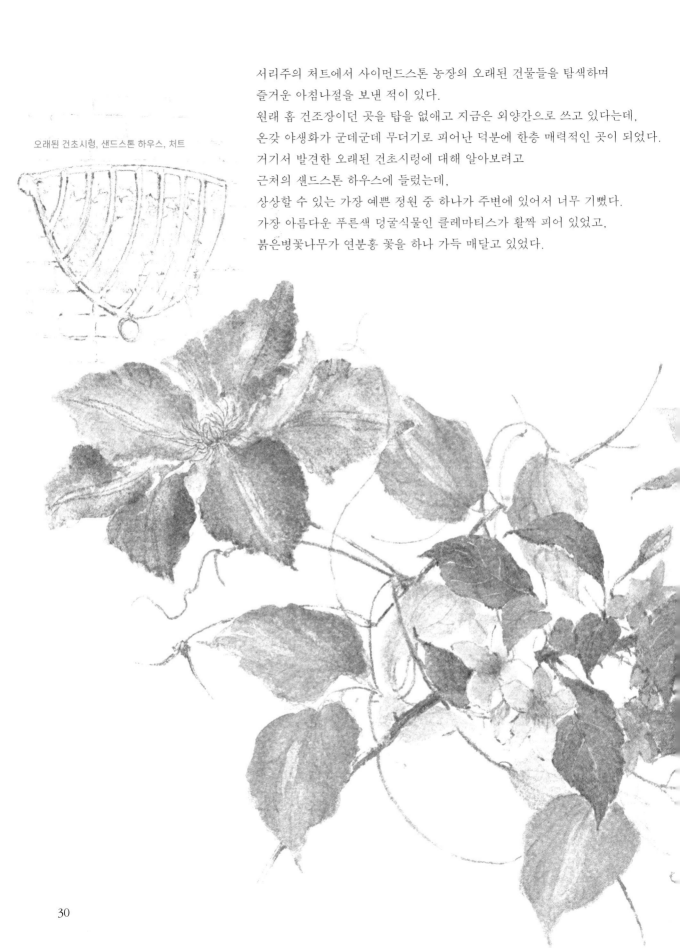

클레마티스 CLEMATIS (Clematis × jackmanii)
붉은병꽃나무 WEIGELA (Weigela florida)

오래된 건물들, 사이먼드스톤 농장, 처트, 서리주

한련화 NASTURTIUM (Tropaeolum minus)
샌드퍼드 수문, 샌드퍼드온템스, 옥스퍼드

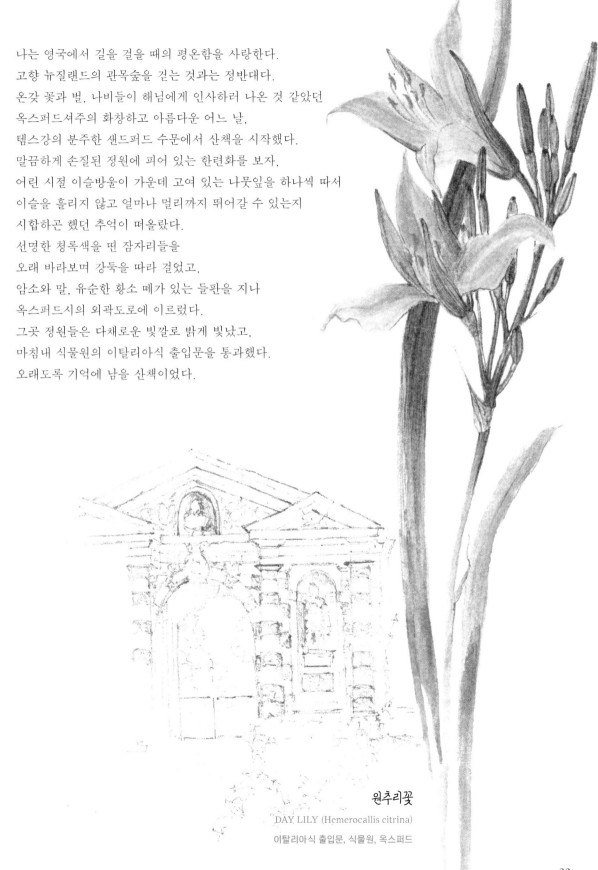

나는 영국에서 길을 걸을 때의 평온함을 사랑한다.
고향 뉴질랜드의 관목숲을 걷는 것과는 정반대다.
온갖 꽃과 벌, 나비들이 해님에게 인사하러 나온 것 같았던
옥스퍼드셔주의 화창하고 아름다운 어느 날,
템스강의 분주한 샌드퍼드 수문에서 산책을 시작했다.
말끔하게 손질된 정원에 피어 있는 한련화를 보자,
어린 시절 이슬방울이 가운데 고여 있는 나뭇잎을 하나씩 따서
이슬을 흘리지 않고 얼마나 멀리까지 뛰어갈 수 있는지
시합하곤 했던 추억이 떠올랐다.
선명한 청록색을 띤 잠자리들을
오래 바라보며 강둑을 따라 걸었고,
암소와 말, 유순한 황소 떼가 있는 들판을 지나
옥스퍼드시의 외곽도로에 이르렀다.
그곳 정원들은 다채로운 빛깔로 밝게 빛났고,
마침내 식물원의 이탈리아식 출입문을 통과했다.
오래도록 기억에 남을 산책이었다.

원추리꽃

DAY LILY (Hemerocallis citrina)

이탈리아식 출입문, 식물원, 옥스퍼드

영국의 산울타리는 눈도 즐겁고 실용성도 뛰어난 최고의 결합물이다.
콘월과 북잉글랜드의 덩굴식물이 뻗어나가는 돌담에서부터
데번의 잔디 깔린 높은 두둑, 스태퍼드셔의 호랑가시나무가 줄지어 늘어선 산울타리,
이스트 미들랜즈의 산사나무, 서머싯의 고리버들, 서픽 북서지방과 노퍽 남서지방의 키 큰 소나무 등은
형태는 다양해도 각각 독특한 매력이 있다.
나는 야생화와 덩굴식물에도 매료되었지만
산울타리에 기대어 살아가는 수많은 작은 생명체에도 마음이 끌렸다.
나비, 벌, 잠자리, 셀 수 없이 많은 다양한 곤충들이
햇살을 받아 따뜻한 나뭇잎, 꽃잎, 나무껍질 위에서 조화롭게 어울렸고,
그 아래 관목덤불에서는 새들과 고슴도치, 작은 생쥐들이 먹이를 찾아다녔다.
그들은 그림을 그리는 나의 존재 따위 아랑곳하지 않는 것 같았다.

이제 여름이 꽃을 피우고 자연이 노래를 흥얼거리니
그녀의 관능적인 꽃 주변은 결코 고요하지 않네
먼지처럼 작은 곤충들이 지치지도 않고
햇살 속에서 반짝이며 춤추고 빙글빙글 도네
그리고 초록색 숲파리와 꽃을 찾는 벌은
그 선율에 싫증 내는 법이 없다네
 － 존 클레어, 「양치기의 달력 The Shepherd's Calendar」

아룸 LORDS AND LADIES (Arum maculatum)
봄까치꽃 GERMANDER SPEEDWELL (Veronica chamaedrys)
찔레꽃 FIELD ROSE (Rosa arvensis)
붉은장구채 RED CAMPION (Silene dioica)
등갈퀴나물 TUFTED VETCH (Vicia cracca)
컴프리 COMFREY (Symphytum officinale)

푸크시아 '핑크 콰르텟' FUCHSIA 'PINK QUARTET'
장대 정원, 스톨 스트리트, 배스주

배스에는 놀라운 역사와 아름다운 건물들이 많지만,
내 마음속에서 최고로 기억되는 것은 꽃으로 만든 장식이다.
대부분의 방문객들처럼 나의 상상력도 로마 시대 목욕탕을 보고 자극을 받았는지,
치료를 위해 정교하게 꾸며놓은 온천탕을 찾은 장교들,
상인들과 그 부인들이 눈에 보이는 것 같았다.
나는 원래 색슨족이 세운 수도원에서 10세기 말 무렵 거행되었던
잉글랜드의 초대왕 에드거의 대관식을 마음속으로 그려보았다.
천장에 매달린 화사한 바구니, 장대 정원, 창가 화단과
욕조를 채웠을 푸크시아, 피튜니아, 제라늄, 수국, 팬지,
그리고 갖가지 다른 꽃들이 다채롭게 대조를 이루며
얼마나 위풍당당한 분위기를 자아냈겠는가.

푸크시아 '버나뎃'

FUCHSIA 'BERNADETTE'

로마 시대 목욕탕

작약 '사라 베른하르트'
PEONY 'SARAH BERNHARDT'

작약은 영국에서는 '6월 정원의 영광'으로 알려져 있으며,
중국어로 '쇼 – 요(Sho-Yo, 아름다운 것)'라고 읽는다.
전 세계의 예술가들이 작약의 섬세한 매력을 포착하려 애를 써왔다.
뉴브리지에서 마주친 꽃이다.

옥스퍼드셔에 있는 웨스턴 영지(지금은 호텔)를 방문한 날,
그곳에는 대대적인 여름 축제가 열리고 있었다.
영지 경내는 18세기 말에 '캐퍼빌리티' 브라운의 제자가 설계했다.
'캐퍼빌리티' 브라운은 11세기부터 조성된 정형식 정원들을
자연스러운 풍경으로 바꿔놓은 사람이다.
정원은 토피어리 산울타리, 수국, 장미화단, 다년초 화단,
펠라고늄과 제라늄들이 넘치도록 피어 있는
장식 화분들로 꾸며져 있었다.

아이비제라늄 IVY-LEAVED GERANIUM (Pelargonium peltatum)
펠라고늄 '제왕' PELARGONIUM 'REGAL' (Pelargonium × domesticum)
분홍말발굽제라늄 PINK HORSESHOE GERANIUM (Pelargonium zonale)

웨스턴 매너 호텔, 웨스턴온더그린, 옥스퍼드셔주

꽃양귀비 FIELD POPPY (Papaver rhoeas)
짚 인형 CORN DOLLY
이브섬 계곡, 글로스터셔주

글로스터셔의 아름다운 이브섬 계곡에서
길가에 핀 꽃양귀비 '생화'를 처음으로 꺾었을 때,
내가 처음 놓았던 자수가 머릿속에 떠올랐다.
빨간 양귀비꽃과 황금빛 밀이삭이 있는 도안이었다.
좀 더 걸어가자 밀밭 사이로 눈부시게 아름다운
빨간 양귀비꽃 들판이 한없이 이어지는 놀라운 광경이 펼쳐졌다.
며칠 뒤, 가는 곳마다 눈에 띄던
자그마하고 재미난 짚 인형의 기원을 우연히 들었다.
곡식에 생명을 주는 영혼인 곡식의 여신은
들판의 곡식이 수확될 때 마지막 짚단에 숨어든다고들 믿었다.
그 짚단은 겨우내 농가에 보관해두었다가 우상이나 인형을 만들었다.
이듬해 봄이 오면 곡식이 잘 자라서 풍년이 들기를 기원하며
영혼을 담은 짚 인형을 부스러뜨려 들판에 뿌렸다.
짚 인형은 오늘날에도 더 작지만 정교하게 만들고 있다.
그것이 풍요와 행운을 가져다줄 거라는 변치 않는 믿음이 있기 때문이다.

43

연리초 EVERLASTING PEA (Lathyrus latifolius)
스토우온더월드의 차꼬, 글로스터셔주

이 차꼬는 스토우온더월드의 시장광장에서 스케치했다.
크롬웰은 1646년에 벌어진 스토우 전투 이후에
거의 1천여 명의 왕당파 군인들을 이곳에 전쟁 포로로 잡아놓았고,
중세 시대 내내 그곳은 양모 산업의 중심지이자 대대적인 차꼬시장이 되었다.
분명 차꼬는 잘 사용되었으리라.
요즘은 여행 일정에 차질을 빚을까 걱정할 필요 없이
딱 맞는 사이즈로 차볼 수도 있다!
근처에 연리초꽃들이 환하게 피어 있는 것이 아주 적절해보였다.
연리초도, 역사도 끝없이 계속되니까.*

＊연리초 영어 이름에 everlasting이라는 단어가 들어간다.

포도덩굴 GRAPEVINE
파크딘 호텔, 스토우온더월드, 글로스터셔주

'스토우온더월드는
찬바람이 부는 곳'이라는 말이 있던데,
내가 머물렀던 날은 정반대로
맑고, 덥고, 햇살이 눈부셨다.
예쁜 여름꽃으로 꾸민
파크딘 호텔 출입구가 눈길을 끌었고
120년 된 포도덩굴이
식당 유리천장 아래서 자라는 것도 흥미로웠다.
잉글랜드에서 포도나무가 잘 자라는 것을 볼 때마다
깜짝 놀라곤 하지만, 사실 포도나무는
천년 이상을 거기서 자라왔다고 한다.

골든 윙스 GOLDEN WINGS

[Soeur Thérèse × (R. spinosissima altaica × Ormiston Roy)]

셰익스피어 생가, 스트랫퍼드어폰에이번. 워릭셔주

스트랫퍼드어폰에이번에 있는
이 목재 골조의 초벽 집 뒤에는
아주 특별한 정원, 바로 '셰익스피어 생가 정원'이 있다.
영국의 위대한 시인 셰익스피어는
등장인물을 묘사할 때 꽃을 자주 이용하곤 했다.
16세기에 흔했던 꽃들이 여기서 자라고 있다.

이름이 뭐가 중요하겠어요? 우리가 장미라 부르는 걸
다른 이름으로 불러도 향기는 달콤할 테니……
−「로미오와 줄리엣」11, 2

추명국 JAPANESE ANEMONE (Anemone japonica)
제비꽃 VIOLA (Viola cornuta)
'화이트하우스' 애플비인웨스트모얼랜드, 컴브리아주

애플비인웨스트모얼랜드의 구시가지에 서 있는 '화이트하우스'는
꼭대기를 반곡선으로 만든 독특한 창문이 달린 조지 왕조 양식의 거대한 저택이다.
번잡한 중심가에서 물러나 있고 에덴강과 접해 있어서 정원이 상당히 매력적이고 고요했다.
잔디밭은 여름 크로케 시합을 벌일 준비가 되어 있었고,
키 큰 너도밤나무, 이베리스, 그리고 사랑스러운 추명국이 있어서
고대 로마 시대와의 또 다른 연결고리를 제공한다.
네로 황제 시대의 식물학자 디오스코리데스가 이제는 손꼽히는 희귀본이 된
그의 식물도감 『코덱스 빈도보넨시스Codex Vindobonensis』 목록에
추명국을 포함시켰던 것이다.
피레네산맥에서 옮겨온 후 수세기동안 영국 정원에서도 잘 자라고 있는 제비꽃은
추명국의 창백한 아름다움을 보완해주었다.

맨 먼저 눈길을 끈 것은 로즈 코티지의 짚을 이은 지붕이었다.
그다음으로 스위트로켓, 초롱꽃, 줄기가 긴 빨간 장미, 담쟁이와 덩굴장미 등
말뚝 울타리 너머로 살짝살짝 보이거나 벽을 타고 기어오르는 꽃들이 눈에 들어왔다.
핼퍼드의 아주 작은 마을에 있는 가정집이었는데,
그동안 마주친 다른 코티지들과 마찬가지로 원래 상태를 충실히 유지하면서
정성스럽게 관리되고 있었다.

로즈 코티지, 핼퍼드, 십스턴온스투어, 워릭셔주

17세기에 여름 주택으로 지은
예스럽고 거친 돌 건물인 '브리지 하우스'는
이제 관광안내소로 사용한다.
전래동요 「신발 속에 사는 할머니」는
어쩌면 이 작은 집을 염두에 두고 쓴 게 아닐까?
사실인지는 모르지만,
옛날 옛적에 엄청난 대가족을 거느린 한 여성이
정말로 여기 살았다고 한다…….
스톡길 포스 폭포로 걸어가는 길 근처에서는
노랑물봉선화라고도 하는 토종 발삼나무와
활짝 핀 토끼풀꽃이 눈에 띄었다.

노랑물봉선화 TOUCH-ME-NOT (Impatiens noli-tangere)
토끼풀 WHITE CLOVER (Trifolium repens)
브리지 하우스, 앰블사이드, 레이크 디스트릭트, 컴브리아주

웨일스 양귀비 WELSH POPPY (Meconopsis cambrica)
산딸기 WILD STRAWBERRY (Fragaria vesca)

도브 코티지, 그래스미어, 레이크 디스트릭트, 컴브리아주

아름다운 레이크 디스트릭트에 있는 도브 코티지는
시인 윌리엄 워즈위스가 1799년부터 1807년까지 살았던 집이다.
현재 그 정원을 더없이 소중하게 가꾸고 있는 조지에 따르면
그곳은 그때 모습을 고스란히 간직하고 있다.
정원 담장은 양귀비꽃들이 꾸미고 있었으며 정원에서 딴 산딸기는 달콤했다!
원래는 '비둘기와 올리브 가지'라 부르던 여인숙이었다.
워즈위스는 여동생 도로시와 그의 아내, 다섯 아이 중
세 명과 함께 그 집에서 8년을 살았고, 생애 가장 행복했던 그 시절에 대해 이렇게 썼다.

예전에 비둘기와 올리브 가지가
그래스미어 계곡으로 들어서는 모든 이를
좋은 맥주로 맞아주던 곳,
가야 할 이는 즐거운 마음으로
떠나가라 요청하던 곳,
그곳, 비둘기와 올리브 가지가
한때 걸려 있던 곳에, 이제 한 시인이 머문다네
물을 마시는 소박한 시인……
– 워즈위스, 「마부 The Waggoner」(1806)

서양가시엉겅퀴 SPEAR THISTLE (Cirsium vulgare)
헤어벨(스코틀랜드 블루벨) HAREBELLS(Scottish bluebells) (Campanula rotundifolia)
하드리아누스 방벽 – 월타운 크래그스 구간

고대 로마제국 시대 영국의 유적지 중
가장 화려한 경관을 자랑하는 곳은 하드리아누스 방벽이다.
방벽 아래에서 서양가시엉경퀴가 자라는 건
어찌 보면 당연할지도 모르겠다.
둘 다 결코 파괴할 수 없을 테니까!
방벽은 250년 이상 로마제국 시대 영국의 방어에 이용되었고,
이제 100년 정도만 더 지나면 만들어진 지 2천 년이 된다.
농부들이 엉겅퀴와 싸워온 세월도 그 정도는 되리라!
그림 속 방벽은 월타운 크래그스를 지나는 구간이다.
월타운은 영국의 지명이 흔히 그렇듯 도시를 설명해주는 전형적인 이름이다.
서양가시엉경퀴와 멀지 않은 곳에 잉글랜드 블루벨과는 다른,
스코틀랜드 블루벨인 헤어벨이 있기에 그려보았다.

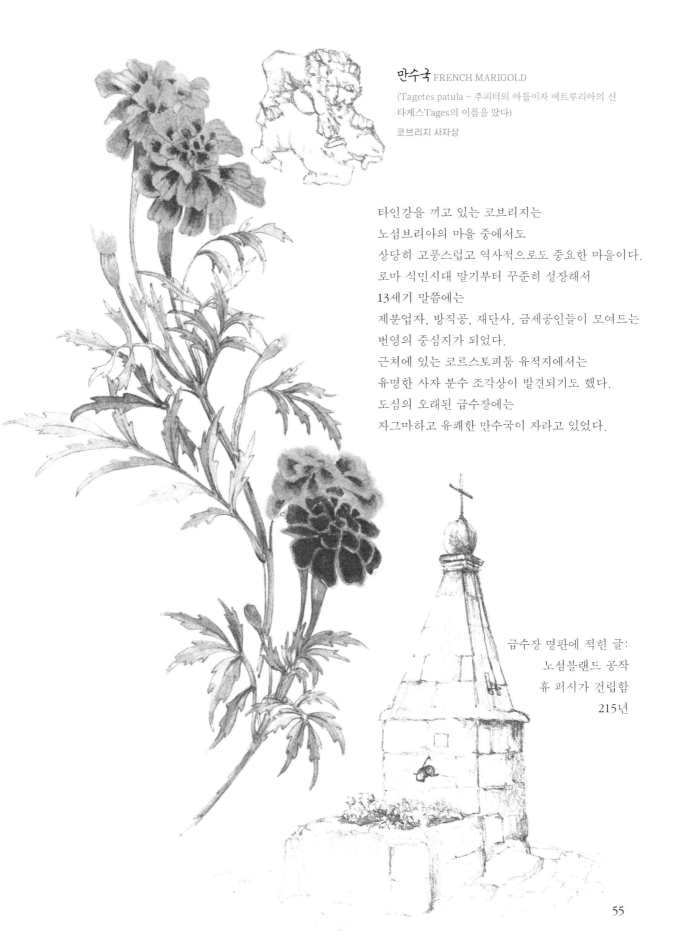

만수국 FRENCH MARIGOLD

(Tagetes patula – 주피터의 아들이자 에트루리아의 신
타게스Tages의 이름을 땄다)

코브리지 사자상

타인강을 끼고 있는 코브리지는
노섬브리아의 마을 중에서도
상당히 고풍스럽고 역사적으로도 중요한 마을이다.
로마 식민시대 말기부터 꾸준히 성장해서
13세기 말쯤에는
제분업자, 방직공, 재단사, 금세공인들이 모여드는
번영의 중심지가 되었다.
근처에 있는 코르스토피툼 유적지에서는
유명한 사자 분수 조각상이 발견되기도 했다.
도심의 오래된 급수장에는
자그마하고 유쾌한 만수국이 자라고 있었다.

급수장 명판에 적힌 글:
노섬블랜드 공작
휴 퍼시가 건립함
215년

55

폴스 스칼렛 클라이머 PAUL'S SCARLET CLIMBER
샘블즈, 요크, 요크셔주

이 장미꽃들은 도시 바로 바깥 지역에서 자라고 있었다.

장미는 미술과 문학, 문장학에서 오랫동안 사용해온 상징이다.

흰 장미는 요크 왕가를 상징하는 문장이었고,

빨간 장미는 랭커스터 왕가를 상징하는 문장이었다.

헨리 7세가 요크 왕가의 흰 장미와 랭커스터 왕가의 빨간 장미를 결합시켜

튜더 로즈를 만들었고, 오늘날까지 영국 왕실의 문장으로 남아 있다.

장미는 기독교 교회 건축에서도 종종 이용되었다.

민스터에서 보고 감탄했던, 정교하고 복잡한 장미창은

유럽에서도 손꼽히게 훌륭하다.

챕터하우스에는 이런 명문이 새겨져 있다.

Ut rosa flos florum, sic est domus domorum

(장미가 꽃들 중의 꽃이듯, 이곳은 집들 중의 집이라.)

로사 알바 세미플레나 ROSA x ALBA SEMIPLENA

노스요크셔의 매력적인 소도시 서스크는

석기 시대와 청동기 시대부터 사람이 살았을 것으로 짐작되며,

요크로 여행하던 고대 로마인들이 도중에 들르곤 했을 것이다.

1755년에는 로드크리켓구장의 설립자가 태어났고,

더 최근의 명성은 수의사 겸 작가 제임스 헤리엇이 서스크를

그의 인기 저서들과 텔레비전 시리즈물의 배경인 대로우비의 모델로 삼으면서 얻었다.

번잡한 조약돌 광장에는

요크의 공작과 테크의 공녀 메리의 결혼을 기념하기 위해

1896년에 세운 시계탑이 자리 잡고 있다.

도심을 막 벗어난 시골 분위기를 즐기면서

나는 그 계절 처음으로 검은딸기를 맛보았다.

검은딸기나무 BRAMBLE (Rubus fruticosus)
시계탑, 서스크, 노스요크셔주

서양쐐기풀 STINGING NETTLE (Urtica dioica)
쐐기풀나비 SMALL TORTOISESHELL BUTTERFLY (Aglais urticae)
네비슨 홀, 요크셔주

네비슨 홀은 서스크와 업솔 사이 중간쯤에서 발견했다.
말을 아주 잘 타서 찰스 2세가 '날쌘 닉'이라 불렀다는
노상강도 윌리엄 네비슨이 가끔 머물던 집이다.
이제는 아무도 살지 않는 낡은 집은
자연의 평화로운 침범에 내맡겨져 있다.
문 상인방 위로 보이는 조각된 말편자 아래
1666이라는 연도가 새겨져 있다.
왠지 이 집의 역사가 아직 끝나지 않았다는 느낌이 들었다.
잉글랜드 시골 지역을 그토록 사랑스럽게 만들어주는
잡초와 야생화에게 적절한 환경을 제공하는 새로운 임무를 맡은 건 아닐까.
쐐기풀과 나의 첫 만남은 그리 우호적이지는 않았지만 말이다!
그래도 나는 쐐기풀과, 그 쐐기풀을 좋아하는 것처럼 보였던
나비를 화폭에 옮겼다.

글라디올러스 달타냥 GLADIOLUS D'ARTAGNAN
카리용 타워, 퀸즈파크, 러프버러, 레스터셔주

레스터셔에 들어섰을 때
일찍 핀 글라디올러스들이 여름 첫선을 보이고 있었는데
그중에는 사랑스러운 '글라디올러스 달타냥'도 있었다.
러프버러의 종을 주조하는 기술은 세계적으로 명성이 높다.
그곳에서 주조된 유명한 종으로
런던 세인트폴 대성당의 '그레이트폴'이 있다.
퀸즈파크에 있는 카리용 타워는
150피트 높이에 47개의 종으로 구성된 카리용을 수용하고 있는데,
제1차 세계대전에서 희생된 지역 주민들을 추모하기 위해 세운 것이다.

60

마돈나 백합 MADONNA LILY (Lilium candidum)
비틀린 첨탑, 성모마리아와 모든 성인의 교회, 체스터필드, 더비셔주

체스터필드에 있는
성모 마리아와 모든 성인의 교회는
첨탑이 크고 비틀린 특이한 모양이다.
그 첨탑을 향해 다가가는데
마돈나 백합의 밀랍같이
하얗고 아름다운 꽃잎 위로
햇살이 쏟아지는 광경이 눈에 들어왔다.
그동안 본 중 가장 인상적인 장면이었다.
문학 작품에서 장미 이외에
백합보다 더한 찬사를 받은 꽃은 없다.
특히 미와 순결, 향기의 화신으로 여겨지는
고귀한 마돈나 백합은 3천 년 이상을
세계 곳곳의 정원에서 자라왔다.

'우물 장식'은 언제든지 깨끗한 물을 얻을 수 있는 것에
고마움을 나타내는 오래된 한 가지 방식이었다.
기록이 남아 있는 최초의 의식은 1350년에 티싱턴에서 열렸다.
꽃잎과 나뭇잎, 그 밖의 천연 재료를 활용해서
성서나 그 지역, 또는 당대에 의미 있는 내용을 담은 그림들을 만들고,
점토판 위에 고정시켜 우물을 장식하는 데 사용했다.
스토니 미들턴에서 열린 '우물 꾸미는 일요일' 행사를
때마침 구경할 수 있었다.
독특한 팔각형 형태의 교구 교회에서는 아이들이 꽃 예배를 드렸고,
거리 곳곳에는 장식용 깃발이 걸려 있었다.

국화 CHRYSANTHEMUM (Chrysanthemum indicum)
숙근제라늄 MEADOW CRANESBILL (Geranium pratense)
샤스타 데이지 SHASTA DAISY (Chrysanthemum maximum)

스토니 미들턴, 더비셔주

교구 교회, 스토니 미들턴

큰메꽃 HEDGE BINDWEED (Calystegia Sepium)
웨이크맨의 집, 시장광장, 리펀, 노스요크셔주

리펀에서는 시장광장에 서 있는
오벨리스크의 네 모퉁이에서 뿔피리를 불어
'시간을 알려주는' 관습이
천년 넘게 중단 없이 이어졌다.
그것은 주민들에게 밤 동안은 '웨이크맨'*의
보호 아래에 있음을 알려주는 일이기도 했다.
내가 그린 그림은 14세기에 지은 웨이크맨의 집이다.
주차장 옆에 메꽃이 피어 있었다.
트럼펫을 닮은 꽃과 윤기 나는 잎을 그리지 않고 지나쳐버릴 수 없었다.

＊ 리펀 지역에는 야간에 통행을 금하고 그것을 지키는 웨이크맨이 있었다고 한다.

고광나무 MOCK ORANGE BLOSSOM (Philadelphus coronarius)
헤어벨 HAREBELLS (Campanula rotundifolia)

나스버러, 요크셔주

1770년에 힐이라는 방직공이 가족과 함께
니도강을 내려다보는 절벽에
특이한 '집'을 깎아 만들기 시작했다.
나는 그곳 꼭대기의 테라스 정원에서
꺾어 만든 사랑스러운
헤어벨 꽃다발을 선물받았다.
방직공 힐은 분명히 그로부터 362년 전인
1408년에 바위산의 성모예배당을 완성한
석공 존에게서 영감을 받았을 것이다.
똑같이 단단한 바위를 깎아 만든 그곳은
영국을 통틀어서 가장 독특한 예배당이리라.
존은 헨리 4세에게 예배당을 지어도 좋다는 허가를 받고,
입구를 지키는 기사 상을 새겼다.
근처 교회 경내에서 고광나무 꽃을 발견했는데,
고향 집 정원에 피어 있을 진짜 오렌지꽃*이 생각났다.

* 고광나무·Mock Orange를 직역하면 '오렌지를 닮은 나무', '가짜 오렌지나무'라는 뜻이다.

노픽의 킹스린 근처에 있는 케일리 밀 라벤더 농장으로 다가갈수록
늦은 오후의 따뜻한 바람에 라벤더 향기가 가득 실려왔다.
놀랄 일도 아니었다.
부드럽게 빛나는 보랏빛 라벤더 꽃그늘이 눈길 닿는 곳 끝까지 온통 들판을 뒤덮고 있었으니까.
지중해 연안 고산지대의 토종식물인 라벤더는 고대 로마인들이 입욕제로 영국에 들여왔다고 한다.
이제 잉글리시 라벤더는 세계적으로 인기이며, 옛 제분소를 라벤더 농장으로 개조한
케일리 밀에서는 19세기 초부터 라벤더를 재배하고 가공하는 일을 해오고 있다.
그곳은 히참의 옛 토지대장에도 기록이 남아 있다.

라벤더 LAVENDER Nana 1. (Atropurpurea)
케일리 밀, 히참, 킹스린, 노퍽주

접시꽃 HOLLYHOCKS (Althaea)
윈저성, 윈저, 버크셔주

윈저의 첫 번째 성은 900년 전에
정복왕 윌리엄 1세가 지었지만,
현존하는 건물들은 14세기부터 짓기 시작했다.
호스슈 클로이스터 가까이에
당당하게 피어 있는 이 커다란 접시꽃은
12세기부터 영국 왕실을 보호하고
주거지를 제공해온 오래된 담장 안에서
맨 먼저 나를 맞아준 꽃이었다.

진달래 AZALEA
연구실 건물, 영국 왕립원예협회 정원, 위슬리주

꽃을 사랑하는 친구들을 위해
딱 한 가지 소원만 빌 수 있다면,
그들이 위슬리에 있는
영국 왕립원예협회의
멋진 정원을 방문하게 해달라고 빌 것이다.
그곳은 마지막 남은 진달래와 철쭉이
다년초 화단과 암석정원의 다양한 식물들과 어우러져
화려한 빛깔과 무늬의 조합을 만들어내는 것이,
화려하게 짠 커다란 페르시아 양탄자 같았다.
혹시 내 소원을 이루어줄 마법의 양탄자 아닐까!
오래되고 매혹적인 이 건물은 영국 왕립원예협회 본부로 쓰고 있는데,
업무용 건물인데도 10여 종의 덩굴식물들로 겹겹이 감싸여 있다.
겉보기에는 그윽해 보이지만 건물 안은 원예 연구로 생기가 넘치는 곳이다.
겉으로는 고요하고 평온해 보이지만 안에서는 자연이 힘차게 고동치는
영국식 정원을 단적으로 보여주는 예라고 생각한다.

금작화 BROOM (Planta genista)
웨스트민스터 사원, 런던

오늘날 금작화는 보잘것없지만 잉글랜드 왕국에서는 대단히 특별한 의미가 있었다.
플랜태저넷 왕가*의 이름을 금작화의 라틴어 이름 '플란타 제니스타'에서 따왔기 때문이다.
웨스트민스터 사원은 정복왕 윌리엄 이후로 모든 잉글랜드 군주와
왕관 연합** 이래 모든 영국 군주의 대관식이 열린 곳이다.
몰려드는 관광객 무리도 그곳에 서린 장중한 분위기를 흩트릴 수 없음은 당연하며,
공상과학소설에 등장하는 어떤 타임머신보다도 확실하게 과거의 역사 속으로 들어서게 해줄 것이다.

* 잉글랜드의 국가적 기틀을 마련한 첫 번째 왕가.
** 스코틀랜드 왕국의 제임스 6세가 1603년 잉글랜드 왕국의 제임스 1세로 즉위하면서 별개의 두 왕국을 한 명의 군주가 통치
    하게 된 일을 이른다. 이후 그레이트 브리튼 왕국으로 통일하는 토대가 되었다.

몇 년 전부터
큐 왕립식물원에 가보기를
간절히 바랐는데,
역시나 실망하지 않았다.
중국식 탑은 큐 왕궁과
너무 극명하게 대조되어서
그리지 않을 수가 없었다.

철쭉 '핑크 펄' RHODODENDRON 'Pink Pearl'
큐 왕립식물원, 리치먼드

예전에 애시다운숲은 서식스, 켄트, 사우스웨스트 햄프셔에 걸친
14,000에이커가 넘는 삼림지대였다. 이제는 6,000여 에이커가 남아 있다.
나는 하트필드의 한 마을에서 출발해서 '푸 스틱스 브리지'까지 숲길을 걸었다.
길가에는 꽃들과 발삼나무, 자생란, 유럽가시금작화와 커다란 나무들이 늘어서 있었다.
그늘이 드리워진 숲속에서 작은 개울을 가로지르는 다리 난간에 기대서자
곰돌이 푸와 크리스토퍼 로빈과 함께한 어린 시절 추억들이 새록새록 떠올랐다.
다리 옆에 놓인 기념비석에는 이렇게 적혀 있다.

'푸 스틱스 브리지
A. A. 밀른과 어니스트 쉐퍼드가 불멸의 생명을 주었다.
1902년 J. C. 오스만이 세웠고
1979년 내셔널 웨스트민스터 은행과
이스트 서식스 주의회 D. L. S Ltd가 복구하였다.'

히스점박이난초 HEATH SPOTTED ORCHID (Dactylorhiza ericetorum)
유럽가시금작화 GORSE (Ulex europaeus)
물봉선화 INDIAN BALSAM (POLICEMAN'S HELMET) (Impatiens glandulifera)
푸 스틱스 브리지, 하트필드 (애시다운숲)

POOH STICKS BRIDGE

73

제비꽃 VIOLET (Viola riviniana)
노란 장미 YELLOW ROSE (Marechal niel)
분홍 장미 PINK ROSE (Pink Favourite)
카네이션 CARNATION (Dianthus caryophyllus)
라벤더 LAVENDER (Lavandula officinalis)
라일락 LILAC (Syringa vulgaris)
꽃무 WALLFLOWER (Cheiranthus cheiri)
세븐 오크스, 켄트주

켄트에서 야생화를 찾아다니며 느긋하게 긴 산책을 하다가
과거 '순례자의 길'이던 곳까지 가게 되었다.
그 후 세븐 오크스에 사는 친구들 집에서 쉰 덕분에
그들의 사랑스러운 옛날식 정원을 그릴 수 있었다.
장미와 때늦게 핀 바이올렛, 라벤더, 라일락, 꽃무의 향기로 황홀한 정원이었다.
그래서 나는 이 그림에 '포푸리 정원'이라는 제목을 붙여주었다.

오랜 여행이 끝나갈 무렵 에식스의 세인트 오시스에서
세인트 클레어 홀을 방문한 일이 기억난다.
완벽한 날이었고 코티지는 매혹적이었다.
저택을 처음 지은 것은 1355년 즈음이었다.
무거운 목재들을 설계에 맞춰 바닥에 옮겨놓은 후에,
이웃들의 도움으로 필요한 자리로 '들어올렸다' 한다!
정말 만만치 않은 작업이었으리라.
마을 사람들의 도움에 고기와 마실 것으로
보답했다는 기록이 남아 있다.

장미 '어텀 딜라이트' ROSE 'AUTUMN DELIGHT'
수선화 '골든 하베스트' DAFFODIL 'GOLDEN HARVEST'
독일붓꽃 BORDER IRIS
세인트 클레어 홀, 세인트 오시스, 에식스주

영국은 하나의 정원이다. 기품 어린 경관의
길가 화단과 꽃밭, 관목림과 잔디밭과 가로수길로 가득한……
– 러디어드 키플링

지은이 **캐서린 해밀턴** Catherine Hamilton

뉴질랜드 오클랜드에서 태어나고 자랐다. 초봄에서 늦여름까지 영국 이곳저곳을 여행하면서 곳곳에 피어 있는 아름다운 꽃과 잘 가꿔진 정원, 사라진 제국의 영광을 고스란히 간직한 고성과 고즈넉한 숲, 한가로운 전원 풍경을 정교한 연필 스케치와 섬세한 붓놀림으로 묘사한 『꽃들의 정원England is a Garden』을 1985년에 영국에서 출간하여 베스트셀러가 되었다. 2009년 세상을 떠날 때까지 15권이 넘는 책에 아름다운 그림을 그렸으며 그녀의 책은 영국, 뉴질랜드, 호주, 피지 등에서도 출간되었다.

옮긴이 **신성림**

1969년 부산에서 태어나서 이화여자대학교 철학과를 졸업하고 같은 대학에서 석사 과정까지 마쳤다. 지은 책으로 『클림트, 황금빛 유혹』, 『여자의 몸』, 『춤추는 여자는 위험하다』가 있으며 옮긴 책으로 『반 고흐, 영혼의 편지』, 『프리다 칼로 & 디에고 리베라』, 『상징주의와 아르누보』, 『세계에서 가장 아름다운 미술관 100』, 『세계 여성의 역사』 등이 있다.

ENGLAND IS A GARDEN

꽃들의 정원

지은이_ 캐서린 해밀턴
옮긴이_ 신성림
펴낸이_ 양명기
펴낸곳_ 도서출판 북피움

초판 1쇄 발행_ 2022년 12월 21일

등록_ 2020년 12월 21일 (제2020-000251호)
주소_ 경기도 고양시 덕양구 충장로 118-30 (219동 1405호)
전화_ 02-722-8667
팩스_ 0504-209-7168
이메일_ bookpium@daum.net

ISBN   979-11-974043-7-5 (03840)

- 잘못 만들어진 책은 바꾸어 드립니다.
- 값은 뒤표지에 있습니다.